终南散曲

史志平 / 著

陕西出版传媒集团

三秦出版社

图书在版编目（ＣＩＰ）数据

终南散曲/史志平著.—西安：三秦出版社，
2014.9（2024.5重印）
ISBN 978-7-5518-0908-5

Ⅰ.①终… Ⅱ.①史… Ⅲ.①诗集－中国－当
代 Ⅳ.①I227

中国版本图书馆CIP数据核字(2014)第217411号

终南散曲

史志平　著

出版发行	陕西出版传媒集团　三秦出版社
	陕西新华发行集团有限责任公司
社　　址	西安市北大街147号
电　　话	（029）87205121
邮政编码	710003
印　　刷	三河市嵩川印刷有限公司
开　　本	787mm×1092mm　　1/16
印　　张	14.5
插　　页	7
字　　数	100千字
版　　次	2014年11月第1版
	2024年5月第2次印刷
标准书号	ISBN 978-7-5518-0908-5
定　　价	48.00元
网　　址	http://www.sqcbs.cn

苦　读

摘　黄　瓜

夫唱妇随

史志平先生和女儿史小华

三月春風起过
我门前溪石栋
岸桃面深染杨
柳衣新鸭初水
斜艳身柳堤烟雨
失远近独听
春鸣溪

春溪诗一首
南山老军诗书 甲子夏
于浮军山中

金樽清酒斗十千
玉盘珍羞直万钱
停杯投箸不能食
拔剑四顾心茫然
欲渡黄河冰塞川
将登太行雪满山
闲来垂钓碧溪上
忽复乘舟梦日边
行路难 行路难
多歧路 今安在
长风破浪会有时
直挂云帆济沧海

李白行路难诗一首
南山志军书于浮君
甲子夏

永樂秋記

永樂道北麗登山叶秋燃書送小修平日
忠退中天叟愛枝泉嶺上拾栗下溪海秋竹
松濤近嵐看雲去退野歌農樂歸隔嶺
起坎烟夕睡一山門竹小寺春鐘晚霞
杯忘月時懽宿漢水遲山宮明月韻
枕秀一底泉

中秋夜 南

秋出小寺近月此洇荷映何人弄洞蕭清風
逞玉樓朗時雲淡天圓月宮不見蟾娥怕
人恰識草秋用黑妙遠入同桂花村
下影相依誰泪化竹一面絕氣

詩一首 南山志章詩书
甲午華真

于琛南山中

漢唐雄風

甲午孟秋志平書

書花秋實

南山志平書
宁南山中

山中

十年磨劍器晚成
終南散曲踵南人
輕霧沿詩去俗意
暮霞煉詞添氣清
石來日月頌字句
喚歸風雨濾賦塵
雲頭雷電入詩胆
山水橋華鑄詞魂
裊裊散幽處處情
山花烂漫共迎邅

有感于《终南散曲》出版
南山志平论书 甲午年秋于终南

山中

綠樹听鵜鴂 更那堪鷓鴣
聲住杜鵑聲住切 啼到春
歸无尋處苦 芳菲都歇
算未抵人間離別 馬上
琵琶關塞更長門翠輦辭金
闕看燕燕送歸妾將軍百
戰身名裂向河梁回頭萬
里故人長絕易水蕭蕭西
風冷滿衣冠似雪正壯
士悲歌未徹啼鳥还知如
許恨料不啼清淚長啼血
誰共我醉明月

辛弃疾賀新郎
南山志平 于终南

山水田园之间的诗意栖居

李国平

中国文化中，自然的灵秀与田园的恬淡不断滋润着特有的文人精神。"人"与"自然"的共生共息最终在文人的精神世界中形成一抹浓得化不开的灵魂亮色，使其展现出特有的精神自觉与人格独立。山水诗成为他们传达精神、人格、意趣的传统载体。

"老翁自知余天命，终南还学养鱼人。人问白发何如此，山涧水流日夜声。"史志平先生，公职多年，喜好文学，在多方面都有建树，而在山水田园诗创作方面用力最多。"一纸宣罢卸千钧，野鹤闲云任日闲。"这是他寄情山水、淡泊宁静情怀的自然流露。其诗作"山水"的灵秀与"田园"的古朴娓娓道来，一段段从容淡定的精神之歌。中国传统文人的理想与归园田居的现实生活在诗作中交汇，诗人以山水田园主题为核心，平静审视现实生活，将自身安放在这一片终南山水之中，寻找精神的一方乐土，为读者呈现出传统人文精神的现代面貌。"养鱼"生活的"天人合一"承载了诗人与"山水"的同生共存，作品中田园式的自然生活既是诗人现实生活的生动写照，也是"人"在山水田园之间的诗意栖居的审美反映。

纵观史志平先生诗作，向往自然、心怀天下的人文精神贯穿其间，生活趣味浓厚。诗人笔下的"山水"与"自然"幻化出各种不同的面貌，呈现在一片"田园"美景当中。读其诗作，浓浓墨香中有田间生活的乐趣，有周边山水美景的观赏，有重要时事的感怀。诗人坚持了传统山水田园诗人的精神超脱，在田园之中观照世界，于时代发展之际守望田园。"山水"与"田园"在诗人眼中得到扩展，形成更为开放的意义构成，将时空变化融入诗意栖居之中，身处"山水田园"方寸之间，境通宇宙时空之外。诗意地栖居使诗人保持着与自然的和谐共处，自诩"终南养鱼人"的田园生活在与自然的和谐中留下"人"的痕迹，积极参与"人"与"山水田园"的审美互动，融化了山水田园的美感存在，渲染着诗作的当下诉说。纵观中国的山水诗，从来都是社会生活在个体心灵中的折射，都是入世、出世思想的反映，济世情怀隐于其中。"急起恨责上班晚，开眼方知已离岗。"诸如此类的诗作，折射着作者的社会关怀和长期养成的职业操守。

被现实生活琐事羁绊的"人"，其立足自然的人文精神在现实的生存压力下无法显现，亟需凝神"山水田园"之中，才能获得精神的净化与超越，构建人文精神的回归。"宦海半生如垒卵，待漏五更铁甲寒。归来日高觉未醒，终南山隐养鱼汉。"身处喧嚣浮躁的当下社会，能够始终保持一颗平静淡泊的心灵实属不易，守着中国文人群体传统的精神内核，结合时代语境，对其作以与时俱进的动态阐释更是难得。史志平先生能够在瞬息万变的现实生活中回望山水田园，寻找自我的"赤子之心"，有意识地放缓自身的生活脚步，在快节奏的现实环境中切入较为舒缓的人文观照，建构诗意栖居的生存模式，不失为对传统与现代关系处理的感性践行和智慧注脚。诗作中，"山水田园"空间的"天"、"地"、"人"生活细节交织融汇，谱写出一首现代社会下的"山水田园"牧歌。

山水田园的审美视域与诗人宁静淡泊的精神志趣在诗作中的交响构筑了人文精神回归传统的适宜环境，丰富了诗人的艺术心灵。艺术灵光闪现之间，进入诗人生活中的风景、友人以及心情片段均可以入诗，原本平淡无奇甚至略显枯燥的田园生活在诗人笔下却焕发出别样的魅力，一首首读来，既是对诗人生活各个侧面的细致深情认知，又是对自身内心那种"山水田园"情节的回溯。原来，生活中的各个细节都是艺术的萌芽，只是，有时我们的脚步是如此匆匆，忽视甚至残忍地践踏了它们。"诗意"擦亮了诗人的审美眼光，"栖居"确定了诗人的审美视角，拥有敏锐眼光以及独特视角的主体走向"山水田园"，发现了"山水田园"的人文内涵，"山水田园"由此从诗人的"眼"走进诗人的"心"，在诗人笔下焕发出独特的魅力。

诗人在"山水田园"中低吟浅唱、流连徘徊，而我们在诗人对养鱼生活、身边景物以及时序更迭的诗性诉说中，穿越时空回望祖先在山水田园中的洒脱身影，收获了那灵魂深处久违了的共鸣与感动。

目 录

三、怀古思今

山 风 水 韵

湖月泛舟

风微夜水静，
云淡玉蟾明。
舟短载月满，
玉人箫声轻。

说　　风

风压树头低，
摇枝任风欺。
逞恶一时狂，
出林无踪息。

即兴口占

喜看镇安美，

碧波绕山城。

堤岸柳丝绿，

人在画中行。

深山夜寺

大雪盖古寺，

苍柏鸦啼鸣。

木鱼轻敲晚，

佛前孤灯明。

商南界牌游

一牌分陕豫，
两亭隔汉楚。
秦巴至此尽，
丹水入伏牛^①

注：①指豫西伏牛山。

无　　题

林下闲听鸟，
泉上濯足凉。
散淡无时序，
长眠日过房。

溪　月

竹溪妹浣发，
郎箫月柳下。
凝听声声情，
漂走紫罗帕。

采　莲　女

山溪一叶舟，
枫红两岸秋。
采莲谁家女，
归歌起沙鸥。

终南山·春

四月前川暖，
归燕穿柳间。
终南稍绿意，
池水依旧寒。

镇安木王国家森林公园游

石流百丈瀑，
杜鹃十里花。
幽谷夕阳晚，
孤鹰落暮霞。

注：石瀑、杜鹃、鹰岩皆为该园景点。

秋 月 夜

月满空山静。

夜凉秋虫鸣。

清风过疏桐。

落叶悄无声。

月照短阶白，

残荷金风冷。

无眠望清辉，

西窗移花影。

（发表于《珠江文艺》）

春　溪

三月春风起，
过我门前溪。
红抹岸桃面，
绿染杨柳衣。
新鸭初试水，
斜燕穿沙堤。
烟雨失远近，
独听春鸣溪。

太河风歌①

风起无时处，
过峪卷山空。
太河瓶颈细，
移石如吹萍。
人立攀树斜，
窗碎击车行。
溪起百尺水，
声震过千军。
揭地露山脊，
吹瓦千室顶。
山民任风刮，
百兽四逃零。
历年重治理，
奈何肆虐风。
若改太河苦，
万载留清名。

注：太峪河是终南山一条主要峪谷。

告　春

池晨鸟鸣树，
春来告鱼知。
一夜寒气去，
桃花红小渠。
冰冻未全解，
溪流已多时。
若知远处春，
起跃览无余。

汉中南湖游

绕屿烟波隔亭阁，
轻舟飞掠过夏荷。
登楼临风忘宠辱，
画舫惊起芦中鹤。

终南春雪

连日晴好春渐浓，
峪地高寒早下种。
忽来夜雪白满山，
扮得山桃分外红。

渔 场 月

清辉细洒夜水静，
池池同有圆璧沉。
轻抛饵料月下忙，
争食鱼儿跃空腾。

太河早春

风号雪狂突变天，
迷遮初绿远近山。
遍树红白都不见，
落花随水出野关。

仙　游

山中雾重过仙神，
间隙一线透绣屏。①
佛尘一指按云头，
误为观音紫竹林。

注：绣屏指镇安景点"绣屏公园"。

游安康香溪洞

古木森森蔽日天，
仙府洞洞一线连。
玉皇阁下天梯池，
不留香溪出乡关。

（发表于《安康日报》）

安康夜景·水西门

西门桥晚汉水平，
华灯两岸倒入影。
渔舟一叶轻摇桨，
划碎太虚满江金。

（发表于《安康日报》）

伏　日

才入伏日暑浸城，
阳露东山催汗生。
聪明小蛙不出水，
无奈树蝉空噪音。

（发表于《珠江文艺》）

登终南拔仙台

终南暮霭掩仙台，
古道远望多感怀。
帝冢堆堆遍渭塬，
月升骊山依旧来。

再登拔仙台

终南无径苦登岭，
关中云霭暮冥中。
四月山桃近寺红，
绕路白雪仙台空。

山 姑 娘

篝火点明圆月亮，
笙鼓引来山姑娘。
春花满头随舞动，
曲终归去一路香。

（发表于《河北文艺》）

无 题

踏青四月着衣单，
暖催百花春漫天。
山殿阶草仍枯色，
披袄夜僧添灯寒。

天女散花

天女收花又散花，
秋收春散花无涯，
亭阁锦苑处处红，
半瓣未有茅庐家。

过秦岭渔场

逾墙叶蔓垂瓠瓜，
奇石迎人到渔家。
鳟鱼推波金满池，
半园蔬果半园花。

风雨太河

终南雨住狂风后，
惊鱼稍安乏力游。
收拾乱象无头绪，
满目黄水渔家愁。

中秋终南夜

月静终南流萤光，
山民入梦携桂香。
夜虫初鸣小菊下，
细藤疏叶影闲窗。

（发表于《山西文艺》）

无　　题

山人淡茶一杯清，
胜过污吏酒万樽。
茶自终南岭头采，
酒酿民膏万户城。

终南夜雨

终南夜雨连群峰，
时缓时急远近声。
雨携秋风带寒早，
遍山一夜霜叶红。

山　竹

岩隙穿根风亮节，
冬日相映泛油色。
问竹哪能翠欲滴，
霜打雪杀深染叶。

商　山　秋

几阵秋风过山中，
又是一年霜叶浓。
林瘦叶尽露小村，
家家檐下挂柿红。

农 家 春

四月户户桃李花，
小雨如酥湿人家。
昨夜新蚕细吐丝，
清晨花下卖黄瓜。

乡 间

莺飞草长四月天，
村户农舍红白间。
小渠满流落缨水，
布谷声声伴插田。

初　夏

“算黄算割”催开镰，

乡间小树初鸣蝉。

忽晴忽雨避不急，

自在小蛙遮荷莲。

过　小　村

小桥连院溪满花，

流水依墙过人家。

荒路饥渴半日汗，

倚杖敲门试问茶。

夜　　谈

客舍秋雨湿瓜架，
邀友秉烛共烟茶。
恳听高人致富策，
漏尽更绝一夜蛙。

春雨小景

春山春水沐春雨，
隔岸人家薄雾里。
蓑衣牧童骑牛过，
小曲悠悠吹横笛。

丹江人家

屋掩桑椿油桐花，

炊烟冉冉衬落霞。

依岸小舟停未定，

欢犬迎主惊归鸭。

年　雪

二〇一一年初二早请友人品尝糍粑

白迷四山荒径旱，

梅落积雪湿新袍。

孤烟稍辨岭头屋，

为请糍粑忙老少。

商山春早

春回微风飘雨烟，
稚童牧归湿纸鸢。
新柳又绿丹江水，
小桃花红满商山。

垂　柳

上元已过雪未霁，
柳似玉女露春媚。
初妆娇羞浅浅色，
条丝秀发梳低垂。

茶　女

采茶三两谁家女，

春妆桃面入画时。

姑戏新嫂羞不忍，

闹惊山雀飞它枝。

春游商南君山寺中途返归

幽谷鸟鸣满耳声，

翠湖静影山青青。

欲登君山参慈佛，

山险寺高不堪行。

丹江放排

又是一年桃花汛，
水急浪涌拍谷鸣。
号子一声听未了，
木排早过花边村。

春　燕

三三两两鸣叽叽，
归来春燕飞高低。
早寒未退忙来去，
不知何处垒新泥。

清　明　游

山中清明披细雨，
野径踏青沾鞋湿。
行至水穷观溪头，
坐看天际雾起时。

巴山人家

茅舍三两巴山顶，
耕田插秧入白云。
早隐轻雾晚浴霞，
犬吠鸡鸣天外音。

游故人居

竹篱牵牛花满藤，
杏李柴扉初成荫。
故人盛邀赏新芍，
紫芝谷酒醉归人。

雨中赏荷

山间朝雨润桑麻，
田畴处处听小蛙。
乘兴下舟荡荷池，
醉眼赏尽雨中花。

雨　后

山居人家雨过晴，
忙晒麦把满院庭。
湿牛又去抢耕种，
下溪鸭鹅出柳荫。

杏林人家

新竹房后过屋顶，
惹蝶花径通幽深。
隔溪篱笆依渠水，
绕庄树尽挂黄杏。

春日小景

轻风细雨柳丝斜，
小燕双飞穿梨花。
溪边青草鸣犊牛，
惊散水中悠悠鸭。

新　燕

日送花影上窗纱，
堂前旧盆出兰芽。
柴门春光挡不住，
燕过高墙飞我家。

田　家

北山坡高拔草荒，
村东苗旱车水忙。
傍溪下犁秋种晚，
回牛日暮过柳塘。

江　村

暮夏晚来山气清，
寻凉问静江边村。
且忘进退看帆过，
泉溪煮茶江月明。

秋　种

垅种秋菜已落籽，
播荞犁田小西岗。
三伏已尽暑未去，
歇牛日午入柳行。

春日晚照

日斜青山处处花，
野塘待归迟迟鸭。
农家忙锄春草晚，
儿童风筝飞暮霞。

早　春

细雨半宿湿桑麻，
春风悄声过人家。
临水枝枝绿新柳，
依山层层雪梨花。

新　年　雪

雪漫初二压年灯，
闹城顿入空静中。
何处一声爆竹响，
惊飞寒鸦失影踪。

豌　豆

春寒冻开小白花，

未生百日结子荚。

问尔为何来世早，

荒春充饥穷人家。

（写于六一年正月）

翁　与　童

头插油菜小花黄，

绕田孩童扑蝶忙。

老翁依门看孙乐，

风斜柳丝拂暖窗。

春　燕

栽烟四月细雨天，
斗笠蓑衣遍山塬。
归来春燕路不识，
无际烟田出绿川。

山　中　居

深居秦岭南山里，
屋后翠峰门前溪。
晨汲清水午采菇，
闲看雾漫松竹低。

中秋待月

清风入夜过院廊，

暗送西邻丹桂香。

新熟枣栗瓜架下，

静待圆月上东岗。

大坡寨①登高

竹溪回转静山空，

秋日登高上岩峰。

欲观秋艳压群芳，

到顶尽收眼底中。

注：①镇安县城西边高山称大坡寨。

冬 行 早

晓寒冻坠月下西，
收尽清辉空山里。
只有启明伴客早，
远近起落一村鸡。

除夕灯海

明月不照除夕晚，
嫦娥吴刚忙过年。
爆竹震落一天星，
化作红灯满人间。

元 宵 夜

上元爆竹震巷深，
笑满家宴乐满城。
花灯喧闹万人潮，
望月孤翁独闭门。

牧 鸭 归

太湖晚柳系归舟，
牧鸭小妹唤洲头。
过堤鸭队夕辉里，
牧歌无调曲自由。

西湖问茶

问茶西湖春已尾，
农家采茶带雨归。
新炒龙井香溢人，
名茗未尝客已醉。

野　　韵

绕村香溪依花流，
新燕戏雨斜入柳。
蓑衣轻湿春钓归，
野烟暮起迷小渡。

月 下 曲

幽胡慢把悲自伤，
映月泉水流离长。
诉尽不平坎坷路，
一腔冷暖入宫商。

秋 声

淡月一弯凉院廊，
闹夜草虫鸣东墙。
秋风入帘轻摇烛，
晨起满阶落叶黄。

秋　夜

何处溢桂香野村，
篱下小虫鸣菊影。
收尽浮光溪无语，
月沉岭后山近人。

雨后桃园

雨过桃林红满村，
洗却飞燕远归尘。
小童收筝攀高枝，
桃花湿落树下人。

秋 月 夜

草虫鸣生夜露凉，
小萤无声出东墙。
赏月短舟过残荷，
梦中惊起睡鸳鸯。

山 桃 花

岩边初放未回春，
枝拙色淡难惹人。
棚花畏寒门不出，
遍岭花潮山桃魂。

初秋夜月

西风初起叶满阶，
小童捕萤入花台。
星汉夜凉月如水，
枕边不息听蟋蟀。

山 居 春

春风才绿门前树，
屋后桃李争高枝。
隔溪顽犊追蜻蜓，
落柳双鸟过鱼池。

杏　花

才知水暖鸭戏溪，
花海漫坡争春意。
过林小风摇红落，
游人尽穿杏花衣。

牧　童

微风吹雨绿杨柳，
蓑衣少年倒骑牛。
满头野花蝶追忙，
短笛一曲过翠竹。

牧　鸭　女

寒尽短篱豌豆荚，

通河小径走鹅鸭。

红衣小舟荡春意，

牧鸭山女水中花。

养蜂人家

房前樱桃三五棵，

屋后蜂箱皆枕河。

满园花香蜂蝶舞，

养蜂夫妻遮纱罗①。

注：①防蜂面罩。

池　雨

风梳竹林枝枝摇，
雨打芭叶点点声。
试水嫩鸭惊波乱，
母唤荷下轻轻鸣。

游灵隐寺雨中

忽来忽去庙前雨，
似有似无灵隐风。
时高时低诵经晚，
若隐若现飞来蜂。

（发表于《江苏文艺》）

香　客

山寺钟鼓经堂开，
添灯宁可度糠菜。
尘世有难求慈航，
百里烧香朝佛来。

太湖暮雨

烟雨蒙蒙迷太湖，
水暗山色似有无。
晚风微微波不尽，
半隐归帆舱满鲈。

退思堂小园

瘦石月池径头蛙，
亭榭曲廊皆掩花。
舫中丝竹添园静，
古藤过墙绿邻家。

春日水店

落盏新絮柳有意，
入席风香花多情。
望尽归帆醉月头，
店家扶起更已深。

梨　花

山上层层白梨花，
层层梨花掩人家。
和风一阵拂面过，
漫天飞雪夕阳斜。

端　午

燃厅榴花插新瓶，
遮门艾蒲味溢邻。
争抢麦收不赛舟，
家家送粽地头人。

终南山居

掩路红叶漫霜峦，
云中鸡鸣疑在天。
道尽迎人秋海棠，
绝岭人家伴溪泉。

石　榴

雨打榴花红半院，
摧尽朱颜一时间。
秋来繁叶托新实，
硕榴满枝傲昏天。

终南春回

终南山桃几处艳，
竹掩野村雨笼烟。
山中春回悦满目，
谁知昨日终南寒。

太 河 春

麦翠桃粉沐春风，
低冰高凌消无踪。
困冬鸭鹅又临水，
田头忙种谁家翁？

怜　春

昨夜风狂撼地天，
冷雨夹雪搅坤乾。
艳桃顿时红飞尽，
谁知昨日满终南。

再过终南山

终南人家依竹旁，
幽庐绕溪麦熟香。
讨茶荫下杖未靠，
野樱山杏劝客尝。

秋　景

枫叶艳冷霜意浓，
秋风一夜万山空。
煞景岂知新景生，
竹翠家家红叶中。

枫　叶

朱栏独依旁听雨，
秋到终南草木知。
晨起小霜白院阶，
枫叶正值红透时。

冬夜宿终南

小雨小雪轻窗前，
古道远去光点点。
寒溪传声时有无，
樵风一夜人无眠。

踏青终南

暖色满眼应不暇，
春风伴我到农家。
崔护笔下今重现，
香袭倩人落红花。

上　海　行

清明已去未尽寒，
机飞千里低云暗。
海风吹人冷双颊，
孙儿迎人周身暖。

西　湖　月

泛舟西湖夜渡月，
远山近水溶一色。
幽箫莫伤春去了，
应看小荷已现叶。

终南栽竹

终南栽竹雨中寒，
早春山桃红点点。
愿得青竹早成林，
再添终南一片青。

古道月色

道外叶高风摘空，
近岭低丛接天红。
晨迷霜月细品读，
千年声息秋风中。

终南立冬

雪晴终南竹溪寒，
山风狂虐无忌惮。
红叶飞乱余枯枝，
山瀑未断声依然。

枫　　叶

我家门前枫叶红，
随霜渐重色愈浓。
梧叶早已随风去，
岭上红叶任山风。

秋　日

雁阵归南过日旁，
家家户闭尽秋忙。
霜叶不染自醉红，
何处桂花暗送香。

菊　颂

寒逼长夜晨披霜，
煞叶阶下荷残塘。
迟升灿阳无暖意，
迎风艳菊独自黄。

终南山桃花

寒色萧萧山重重，
忽见几处粉簇红。
连月寂沉眼一新，
终南山桃召春风。

老　梅

崖头梅枝倒挂花，
迎风傲寒红若霞。
虽有夜雪盖瓣蕊，
难封清香过人家。

春雪桃花

雪裹桃花玉镶红，
瑶池仙糕点芙蓉。
枝动惊观娇面现，
退纱新娘惹春风。

枫　与　松

枫叶秋变如花红，
笑松四时不改容。
稍经一场薄雪后，
不见枫叶只见松。

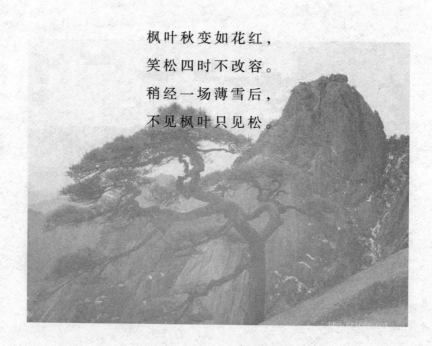

枇 杷 树

常青不逊四季竹，

寒生新叶傲"三九"。

雪落小花清香远，

春去枇杷挂枝头。

（南山枇杷树春初开花、结实）

插 秧

细雨湿透四月村，

竹旁多少插秧人。

一手青苗两腿泥，

春光踩在脚板心。

山中雨过

山头雨过生晨烟，
觅鸡鸣处高不见。
日蒸雾起升遮幕，
人家露出三五间。

小　园

家有小园亦种花，
蔬鲜花妍七彩霞。
常遣闲时观园早，
小宴夜友晚摘瓜。

送　友

秋初雨烟闻子规，
酒愁长亭难尽杯。
杜鹃鸣啼常有期，
人去今日何时归？

无　题

酒楼春舞人不随，
草店村酿别有味。
寻春最是青郭外，
细雨杏花带醉归。

山　泉

山南处处溢清泉，

水洁质纯出野山。

日曝冰封泉不尽，

涓涓潺湲日夜间。

（发表于《北京文艺》）

秋　寒　图

暮秋一夜寒气煞，

霜叶尽挂二月花。

北雁飞断南归路，

孤帆瑟瑟过酒家。

池边山桃（二则）

（一）

山桃数株池边开，

无意夜风送香来。

惹得蜂儿出箱早，

映衬山姑红两腮。

（二）

春汛注水满鱼塘，

桃红柳绿丰在望。

梅上寒雪虽未尽，

深山渔人已早忙。

南 阳 行

（一）

青山排排接天外，
梨花处处迎面开。
暖暖春风拂面过，
盈盈丹水载舟来。

（二）

群峰一过扑面平，
中原极目天地融。
一马直到南阳府，
方解古来逐鹿人。

游范蠡祠

越国名臣范蠡相，
功成勇退隐内乡。
潇潇洒洒自来去，
融于民间授经商。

登金顶观武当山日出

（一）

为观日出登极顶，
云蒸霞蔚曙渐生。
升阳不辞光万里，
镀我俗人金一身。

（二）

远山吐日腾云气，

霞红一天织彩绮。

万道瑞光泄九重，

乾坤顿入朝晖里。

终南闲居

（一）

依山茅庐日夜溪，

入户松涛伴鸟啼。

追名逐利众生忙，

日上窗扉人未起。

（二）

细雨随秋湿蓑衣，

竹杖惊起花山鸡。

拾菇采芝云生处，

月照归路下石梯。

立秋二首

（一）

瓜架斜倚遮院阴，

篱下小虫秋初鸣。

山间虽是暑未去，

小风顿觉月朗清。

（二）

一月伏蒸人欲熟，

尽淌汗水胜腊薰。

凉意过廊凝有雨，

邻家告知秋立晨。

（发表于《青海湖》）

终南端午

（一）

村湾赛舟催鼓响，
架下黄瓜嫩初尝。
老翁教孙扮门头，
插蒲簪艾喜端阳。

（二）

抢麦趁晴忘端阳，
南溪麦熟一夜黄。
无人听鼓观舟赛，
满村粽子空飘香。

忆绣屏园①初秋

（一）

霜降一过无有花，

晨园寂寂秋风下。

偶见亭外小树中，

牵牛紫红小喇叭。

注①镇安县城后山公园名"绣屏公园"。

（二）

中秋未到突转凉，

山风透冷夏衣裳。

百花不适全低头，

秋草未衰挂轻霜。

暮　渡

斜下石阶过柳荫，
隔岸远呼摆渡人。
水映碎金波微动，
暮沉夕阳入野村。

月　河　春

门前芭蕉屋后花，
春到月河忙人家。
晨种高田耕白云，
晚汲月水挑暮霞。

冬夜终南山

终南"三九"冰封冻，
西窗余晖月收空。
小寺夜钟惊寒鸦，
四山寂寂起樵风。

山　行

泉自石底出，

云从峰后生。

路绕秋山远，

行处雾锁深。

小风送桂香，

轻雨凉衣襟。

鸟恐人行单，

偶鸣三两声。

湾溪板桥斜，

人家掩竹林。

日暮求夜宿，

倚杖试敲门。

（发表于《诗刊》并获年度奖）

永乐秋记

永乐过北雁，
漫山叶欲燃。
雾迷小桥早，
日出迟中天。
采菇东岭上，
拾栗下溪湾。
卧听松涛近，
坐看云去远。
野歌农乐归，
隔岭起炊烟。
夕照山门竹，
小寺暮钟晚。
贪棋忘归时，
借宿溪水边，
山空月明静，
枕旁一夜泉。

（发表于《北京文艺》）

山 秋 行

几阵金风后，

红叶漫山秋。

道旁黄小菊，

人家硕柿熟。

桑枝秋蚕尽，

田坝割稻菽。

打栗扦杆长，

采莲短木舟。

鸭鹅悠戏水，

垅上走慢牛。

深山人至少，

客来喜故友。

腊肉烹火塘，

隔梁沽新酒。

击碗曲未了，

林静鸟鸣幽。

世间红尘浮，

野山人忘忧。

伴溪踏歌行，

醉归月当头。

太 河 秋

山高水流远，
九月两重天。
邑街均薄衣，
太河已上棉。
红叶早落尽，
枯枝满野山。
冷水结冻冰，
衰草遍终南。
夜聚人围炉，
背风身不暖。
虽无半点雪，
缸菜已冻严。
只听寒鸟啼，
不见早归雁。
呼号冬来早，
行人皆缩肩。
恶风天天至，
肆虐忌无惮。
夜初哨声吹，
高低似鬼怨。

忽变暴风狂，

天塌地欲陷。

房抖屋乱摇，

水起百尺澜。

儿惊钻娘怀，

家人夜无眠。

初秋尚如此，

怎度数九天。

游　西　湖

水光山色泛涟漪，

四山倒影一湖低。

白帆点点绕二堤，

如织游人春光里。

亭台楼阁欢声远，

春鸟新燕近人啼。

灵隐暮钟送祥声，

归去游人恋依依。

初　钓

过林山风皱水近，
临泉烟雨遮远峰。
折竹为杆钓秋溪，
披蓑戴笠学渔翁。
鱼戏初钓盗饵去，
起竿人乐不怨空。
偷静难有半日闲，
避闹得来一时清。

无 题

阶前苔草无履痕，
日日几椅空拂尘。
朝望云起夕送阳，
三更转侧盼鸡鸣。
自炊为生无时序，
补破昏眼难穿针，
寂寥无遣不忌医，
沽酒买醉病疾人。

金山寺漫思

金山纳客半日闲，
山寺森森殿宇宽。
千年钟磬声不绝，
僧众伦回神依然。
忽思法海今何在，
早闻塔倒蛇归仙。
和尚如今再多事，
山门年久可拒澜？

闲 居 咏

闲居永乐①时春头，

长梦觉醒月上楼。

随僧观鹤沽泉清，

夜寺煮茶水作酒。

谈佛东窗月过墙，

轻听木鱼独明烛。

春寒袭人夜归去，

浮月淡云飘悠悠。

注：即镇安县（发表于《人民文学》副刊）

永乐春雨

春雨瞒人夜润花，
朝开朵朵一片霞。
岭头壑底皆换绿，
初汛欢闹满溪鸭。
忍冬衰草张嫩叶，
穿柳双燕筑新家。
日出雾散雨何在？
又赶他处催春芽。

溪 水 情

家住清溪水头边，

常听哥唱飞林间。

不是多情俊年少，

为何妙音拨心弦。

我托山溪日夜意，

流到哥门鸳鸯湾。

愿哥常饮清溪水，

点点滴滴入心田。

镇安虹化山①月夜

月上虹化融楼阁，

凌空亭榭影错落。

薄雾轻过疑蓬莱，

星晨悄现似天河。

欲乘月色探究竟，

恐惊月仙梦南柯。

注：虹化山是镇安县城内一景点。

晚秋夜雨

空山阴雨冷深秋，
寒袭薄被三更头。
坐起默对孤灯暗，
盼晓愁听风过楼。

游荆紫关①法海寺

竹海青青涛声远，
桃李花开偎墙边。
进寺凝视禅法海，
怎舍西湖居荆关？
莫非天意解素贞，
护法法责存恨怨。
或因不听妄语非，
山寺门闭自度年。
也许后悔管闲事，
面经思过隐深山。

古刹幽幽太过清，

山寺残阳透竹晚。

是非往事烟散尽，

不没名僧法海禅。

注①：法海寺在陕、豫、鄂三省交界的紫荆关。

听　琴

雾散山深已半晨，

踏青误入野竹林。

茅屋数间掩春绿，

蹊旁小花不知名。

恐扰静清欲回步，

幽琴传出竹内声。

阳关三叠多凉苍，

屈子愤悲寄天问。

楚歌十面凝遗恨，

高山流水觅知音。

弦弦惹人思回首，

归来萦绕一路琴。

登商南闯王寨

闯王山寨竹木青，
基石磊磊不复营。
残址似见山寨影，
虎帐聚将共谈兵。
破阶依稀王踱步，
寒夜无眠筹军情。
寨边古松王伫立，
注目山道盼探军。
忽起山风穿寨过，
疑是义兵金马鸣。
森森古堡今犹在，
不见自成挽铁弓。
闯王一去不复还，
举目远近空复空。
唯有山下寒溪水，
痛诉英雄业未成。

雪中访友

二〇一一年春节于太河秦丰

冰冻山溪远无影，

雪封古寺息钟磬，

寒打梅花深深院，

鸟兽无迹紧紧门。

大殿森森少灯火，

日月昏昏时不分。

松涛不起空山静，

只听落子敲棋枰。

酒罢狂书妙诗出，

茶后合辙同填韵。

琴箫高山长流水，

三叠阳关少归人。

风摘松塔雪籽散，

时催紫芝已发根。

小童添香轻续茶，

谈禅论道多逸情。

云移忽见深山寺，

明暗朦胧太虚景。

谁能了断尘世事，

水长山深终南人。

（发表于《诗刊》）

雪中访秦岭养鱼人家

雪没古道秦岭断，

鹅毛漫空白满天。

前后无着夜已浓，

灯火突见溪前湾。

山梅风中出墙红，

青松四周傲雪寒。

斜过板桥竹中路，

养鱼人家隐终南。

鱼儿不畏山水冷，

遍池金鳟迎人欢。

鱼阵回游如彩轮，

忽聚忽散金一片。

鱼队排排跃埂过，

犹如赛场争跨栏。

迟归鸭鹅摇慢步，

高低鸣叫闻山间。

主人热茶还未上，

已感渔家春意暖。

浦江夜游

夜游浦江江水平，
两岸华楼挤相迎。
夜景点点目不暇，
处处仙地处处情。
彩灯辉映照花船，
赤橙黄绿挂人身。
梦似游在天河上，
又如进了龙宝城。
沪城人民多慷慨，
黄金彩珠赠游人。

汉中行组诗

（一）汉江渔家

洋州一过山水明，
夹道冷杉遮凉阴。
汉水载舟多春意，
谁家江上打鱼人？

（二）农　家

四月未尽忙农家，
乡村儿女侍桑麻。
秧苗已秀田待耕，
油菜渐老黄籽荚。

（三）巴山小景

桐花遍山香，

春水绕竹行。

插秧青山头，

人家白云深。

（四）渡口

春风小舟轻，

摆渡对岸村。

水载山妹来，

伞遮画中人。

（五）农忙

春蚕已老秧未插，

田头早落蚕豆花。

家家菜籽忙打晒，

满村一夜响连枷。

（六）夏忙即景

池塘小荷初露叶，

抢收菜籽趁天色。

犁田插秧走牛急，

布谷声催收新麦。

镇安绣屏公园组诗

（一）绣屏夜

绣屏升上了天街，

天街落到了绣屏。

琼楼玉宇，

流光溢彩。

灿灿闪烁，

直接夜空。

数不清哪些是灯，

哪些是星？

瑶池笙歌，

龙宫水晶。

红男绿女，

来往隐隐。

不知哪个是仙，

哪个是人？

（二）绣屏小记

日矶①虽峻一草岭，

今开画卷展绣屏。

魁星楼②边看日起，

聂翁亭③内听秋声。

过雾小阁欲飞去，

贯园石径通幽深。

忽听坦场歌舞动，

满园欢笑满园情。

注：①镇安县城后山名。　②③均为该园著名景点。

（三）迎春花

冬煞绣屏草木凋，

松柏雪打暗长道。

忽见惹人黄一朵，

迎春告知雪将消。

（四）绣屏晨曲

雨过天净蓝无云，
晨风送我上绣屏。
林下细流入旱溪，
枝头翠鸟争歌鸣。
楼阁亭榭添秀色，
柔柳艳花多风情。
谁扯薄纱遮园半，
雾浮海市现山城。

（五）夜上绣屏

月上日矶空山明，
灯灿绣屏欢歌声。
一片仙色辉光里，
楼台座座人隐隐。
清风过园送香远，
花影落衣径自深。
乘兴登高魁星楼，
灯火万家城满星。
漫思先贤励人志，
日月昭彰聂翁亭。
孔庙圣像处处有，
唯独此地容不同。
微供双手寄惠意，
慈目二视传殷情。
镇安儿女多奋发，
莫负盛世寸光阴。

重　　阳

桂香鱼肥家家酒，
红叶黄花处处秋。
今岁登高步已艰，
重阳终南九月九。

终南人家

清溪小人家，
四周皆桑麻。
新竹高过屋山头，
门前夹蹊尽是花。

春　日

几处杨柳，

踏青野藤牵衣袖。

和风细雨图画中，

桃花沾满头。

溪边小店自酿酒，

沉醉不知来时路。

野渡无人问归处，

卧舟任水流。

（发表于《长江文艺》）

秋　日

金风起前川，

吹开菊黄秋满山，

染得霜叶红烂漫，

云淡天更远。

何处歌声传？

烟家儿女乐溪弯。

采烟烘烤秋阳里，

丰收又一年。

过 终 南

云一团，雾一团，
山上山下都不见。
站立岭头呼同伴，
震落春雨细绵绵。

山一弯，水一弯，
烟柳碧桃迎路边。
酒旗高挑农家院，
何日再饮终南泉，
过了终南山。

春游金州①

桃红柳绿花海，
碧水蓝天春山。
踏青游客如织，
小亭玉人栏杆。
国强政通谐和，
民富怀畅人安，
盛世河清海偃，
齐盼中国梦圆。

注：安康古称。

南山雨道中

山弯雨径滑，

荒渡野人家。

竹林那边板桥斜，

柴扉牵牛花。

梅熟青杏小，

蚕老闲桑麻。

草亭雨歇雾迷道，

隔溪几声蛙。

（发表于《长江文艺》并获奖励）

塔云山春·雪

尘卷青林绿依旧，
日倦柳梢头。
万物寂寂待重眠，
雪落人寐后，
翌日履踏登重寺，
晶莹山河秀。
塔云梦幻翠谷幽，
雪高处，层层竹。

（发表于《长江文艺》）

太河又返春

大雪飞终南，
三月又换棉。
百鸟顿失声，
春花枝叶残。
瓣飘身何处？
落红被风全嫁完。

西山游归

归来半醉黄昏后,
暮雨渐收。
谢西山赠我诗一首。
牧童短笛倒骑牛。

夜　月

慢斟樽,弦轻弄,
唤起月仙寂寞梦。
倚玉栏,风雨亭,
向天问:天上可有雨和风?
天上有雨也有风,
人间天上,天上人间,
福寿一般同。

终　南　居

春种秋收，

日日终南山上山下。

白云深处，岁岁不知甲子。

茅庵草舍，花开雪飞，

方晓冬夏。

闲来几句渔樵话，

困来一觉野草花。

终 南 人

哼几声曲，划几个字，

溪上抚琴，山中觅诗。

躬耕衣食自动手，

道远不断四时友。

楚汉夺争正酣，

黑白枰上苦运筹，

夫人端上自酿酒。

昨夜初雪大，

白了山中人家，

翌晨踏雪古道访梅花。

早春太峪河

风一阵，雨一阵，
风寒雨寒难出门。
太峪山外百花盛，
终南山水寂沉沉，
风雨太河春。
云也昏，雾也昏，
雪乘风势压低林。
昔日山水全失影。
终南雪路无人行，
云雾太河人。

（发表于《天津文艺》）

忆西湖游

春光泛波，

看两岸花深。

莺燕啼乱，

初日柳林，

舟去湖风传余音。

保叔功成塔依旧，

苏堤人散断桥情，

秋月平湖印三潭，

过人彩舫丝竹声。

西湖酿景酒一杯，

醉游人。

（发表于《上海文艺》并获奖励）

登塔云山①

侧看塔云剑一柄，
直插苍穹入白云。
绝壁两边刀削就，
登山岭脊容一人。
直上直下千余丈，
险胜苍龙岭。

塔云山巅一席宽，
小庙顶在山尖尖。
庙前挪步出渊头，
庙后凌空身悬半。
山风过处庙动晃，
人惊叹奇观！

登顶极目观霞生，
初日缓缓出彩云，
万道光芒射孤顶，
游人个个镀金身，
脚踩云涛发豪情：
"我是天上人！"

注：①镇安县著名景点

渔场楹联

（一）

池外泛绿柳万条

水内映金波千层。

（二）

梅红终南百丈冰

鱼肥太峪万片云。

题镇安木王森林公园楹联

（一）

不必彩霞落园

杜鹃十里花如海

有劳山风过林

古松万倾波似潮

（二）

鹰修千年

翘首问天何时归

石流百丈

横泻今古谁知源

（三）

小瀑半帘

银丝入潭水无痕

翠鸟一声

惊影过峡空回音

楹联十四幅

（一）

终南山水明

渔场日月清

（二）

春风斜绿柳

晴雪映红梅

（三）

楼接紫薇天地久

福驻德门日月长。

（四）

日影婆娑风摇树

月色明暗雪打灯。

（五）

凤展五彩呈如意

龙飞万里现吉祥

（六）

律回岁月冰霜净
春到人间草木青

（七）

南山苍松寿不老
东海水流福万年

（八）

中秋院落圆圆月
重阳小桂冷冷香

（九）

终南似画春酿酒
渔场如茶诗煮茶

（十）

映金鳟鱼池万尾
泛绿新柳堤千条

（十一）

风梳柳丝千条绿
雨洗桃花万家红

（十二）

春风春雨长春在户

顺风顺水永顺祥舟

（十三）

一身正气岂怕鬼神

两袖清风坦对地天

（十四）

迎新春千门颂盛世

庆佳节万户乐太平

雨中过终南山与儿孙联句

2011 年清明与家人同车于长安途中

儿：清明细雨出终南，

翁：车隐峰雾人半仙。

孙：菲尽南北岭初红，

媳：空天万里入长安。

十六字令·月

月，
慢上东山中秋节，
人团圆，
世间不眠夜。

月，
空悬无人知凉热，
箫管起，
吹断梦中客。

归 园 田 居

夜　巡

四周墨浓浓，
孤光一点红。
渔场风雪急，
夜巡白发翁。

冰下饲鱼

三九寒雪扬，
封冻峪溪长。
饲鱼无下处，
夜锤砸冰忙。

访　禅

——游丹凤黄龙洞山寺

小寺掩山林，

遥闻钟磬声。

佛家一杯茶，

洗度尘世人。

野山情谊

旧友好糍粑①，

蒸芋全家忙。

木槌②响暮炊，

新酒围火塘。

注：①一种用土豆制成的食物。②制作糍粑的工具。

无　题

烟雨笼终南，
红叶秋烂漫。
稼禾尽未收，
山涧水已寒。

清明·终南

清明到终南，
山山旧依然。
草木无春意，
涧水同冰寒。

野乡酒行图

——二〇一一年春节于太河村路上

丰年人乐欢，

垄上踏歌颠。

往来语无次，

人人上酒颜。

（发表于《长江文艺》）

寻　猪

山间冬日短，

终南雪色寒。

寻猪浑月下，

复撵不进栏。

记二胡演奏《栗乡情》

一曲栗乡[①]情，

醉痴众乡亲。

意自月河[②]出，

韵来东川[③]岭。

词动天外客，

曲感野山人。

曲终人不散，

远山久回音。

注：①镇安也称栗乡。②③系镇安地名。

古　　寺

初雪带寒没小径，
深山掩寺低暗云。
老幼拜佛山寺早，
僧尼诵经殿堂昏。

寻　　僧

终南寺多隐苍茫，
踏遍崎岖人难访。
寒林斜日回鸦噪，
余晖归来孤影长。

访僧道中

叠峰层层隐高禅，
山溪板桥听牛倌：
"大师溪头煮茶处，
松下石几对局残。"

终南访友不值

终南寺高隐山深，
踏遍梯路人难寻。
归来暮影夕阳里，
松下小歇钟远声。

访　友

绿荫深掩隐人家，
田畴水绕尽桑麻。
日上闲窗睡初起，
幽琴一曲话诗茶。

庙　会

秋叶满山人满路，
拜佛尊尊磬悠悠。
贡尽钱物多诚意，
谁知蓬莱有神楼？

访友人居

三月终南处处花，
蜂蝶引人到隐家。
隔竹闻琴高流水，
诗琴未尽观桑麻。

赠　友　人

荷包未放初识君，
未忘商州远迎情。
四载协力度艰苦，
惜别谁是折柳人。

雪后访禅

雪拥千山万空静，
田畴村野白不分。
佛道雪埋路不知，
竹杖扶我入山林。
风撼古木穿谷过，
满耳哀号冬深深。
暮惊寒鸦悄飞去，
掸落枝雪洒衣巾。
莫道雪封无生机，
隔丘暗送溪泉声。
淡淡青烟松间起，
斜过竹林现禅门。

养鱼人家

四周山色塘水清，
陋屋数间遮晴阴。
才做鱼食又结网，
夜半敲门卖鱼人。

终南养鱼人

晨曦未露洗池寒，
汗生两颊霜挂衫。
黄昏已过人未食，
斜晖应人饲鱼晚。

夜宿渔场

隐光点点终南深，
求宿渔场如归人。
一夜水响不绝耳，
鱼动月下满池金。

风

恶风掀池搅水乱，
窄埂饲鱼还身难。
冬夜雪涌风愈狂，
渔人盼明暖阳天。

鱼　　趣

一把饵料撒下水，
顿时满池沸如煮。
前奔后涌多壮观，
争食不让乱了鱼。

鱼　　乐

忽远忽近相追戏，
或沉或浮多怡情。
听得池边脚步响，
齐聚那头不理人

鳟　鱼

一溪山水过鱼塘，
秋山已冷池水凉。
畏冻小犬避风卧，
喜寒鳟鱼迎小霜。

饲　鱼

落池把把雨点痕，
万鱼翻扭为食争。
斜阳照水千金碎，
喜见鱼长不苦辛。

鱼池夜巡

冬夜终南漆一片，
野村上下偶闻犬。
忽明忽暗光移动，
养鱼人查池鱼安。

问　　鱼

试问鳟鱼价几何？
出浴贵妃谁能评。
都为极致却有别，
鱼儿比人胜几分。

金　鳟

（一）

尺余头尾水灿灿，
冬阳满池万金斑。
一声水响渔场曲，
金鳟搅水逐食欢。

（二）

饵扔一片千波乱，
夕阳映衬金一片。
金鳟盛世添世盛，
终南水贵养万千。

换　衣

养鱼人家多湿衣，
晴更干襟雨无替。
换干换湿只半刻，
倒鱼洗池水沥沥。

终南雨中

落池雨脚无涟漪，
查水护堤披蓑衣。
重雾四起接天暗，
野村远近暮霭里。

栽 菜 苗

小苗青青趁天阴，
栽满田畦一片新。
只盼终南当夜雨，
半年菜蔬不买人。

过秦岭渔场

逾墙叶蔓垂瓠瓜，
奇石迎人到渔家。
鳟鱼推波金满池，
半园蔬果半园花。

商 山 情

雨打芭叶满荷池，
更漏已残鸡鸣知。
商山丹水无限意，
灯下化作行行诗。

山花与牡丹

野丛花开随春动，
秋春数月淡淡容。
不引众目无香气，
朝雾夕阳悦雨风。
天资牡丹花中魁，
国香富贵多幸宠。
惹来烦扰乱采折，
春未去时满园空。

烟　农

风过大田飘烟香，
油绿一片丰在望。
趁天采叶动亲朋，
月下烤焙夜半忙。

烟　地

山间栽烟细雨中，
满坝烟地绿葱葱。
伴人施肥布谷鸟，
小息地头杜鹃红。

采 茶 女

家住橡园①新农家，
采茶山姑浴朝霞。
叶叶嫩芽带露采，
香融歌声远对答。
注：镇安橡园茶产地。

茶 园

小村夜雨湿野径，
春到橡园茶色新。
采茶儿女雾不见，
只闻满园欢笑声。

烟　妹

才修烤炉又耕坝，
山间四月忙烟家。
汗浸烟妹春妆乱，
晚傍清溪浣长发。

春到渔场花独枝

——致陈英芳菲

瓣淡蕊寒无人视，
山雪未消桃上枝。
风吹霜打香不尽，
春至此始谁人知。

临别赠句

——送孙儿史矛赴上海读大学

孙儿求学去沪城，
学就要做报国人。
年少离乡须保重，
长江水远路程程。

山中送孙女返校

新柳依依人依依，
送孙返沪春日里。
柳丝拂拂多留意，
何处折枝闻羌笛。

终南思绪

南山悠悠天不老，

岁月流年日昭昭。

盛世升平莫辜负，

中华梦圆路不遥。

秋 城 月

踏月小街影相随，

何处咽箫勾客悲。

月下西楼醉不知，

酒家闭店唤人归。

种　花　人

殷勤百日广水肥，
除草灭虫多忘归。
感来东风催花开，
虹彩落地映朝晖。

题奇石《浴马图》

出入硝烟伴年长，
冲锋破敌一身当。
不羡仪骏惹众眼，
沐浴待旦听号亮。

无　题

醉写山河狂作诗，
静弄丝竹乐自知。
进退淡墨痕一线，
荣辱只是琴外曲。

终南雪霁

连日山雪午转晴，
鱼寒冬池冰下层。
趁闲邀朋尝新酒，
邻家作陪过野村。

农　家

早起麦忙午插田，
引水夜来整渠堰。
豆架未搭蚕已老，
农家劳辛无时闲。

芒　种

终南四月烟雨里，
农家老幼春忙地。
卸甲初种不知时，
捧籽细问邻家媳。

处　暑

处暑应止暑气生，
山间热闷无少轻。
秋种庄稼抢时节，
农家田头汗透襟。

白　露

昨日午蝉燥热鸣，
今时已无半点声。
街头人皆着长衣，
高天飞雁过秋阵。

秋 雨 夜

冷雨入院空打阶，

夜云闭月久不开

秋风苦搅落叶乱，

往事几番入梦来。

（发表于《山东文艺》）

无 题

长啸一声荣辱去，

观鹤欸乃轻摇船。

诗琴相伴任水流，

烟云深处秋水寒。

（发表于《青海湖》）

春　花

春花满园正当时，
竞艳斗芳引人珠。
冬梅知命雪化日，
名花岂能尽占枝。

商山国道

和张翔《过商州》

东过武关数峰西，
再不绕肠踏石梯。
宽平国道穿山过，
号鸣一声通途曲。

附：张翔《过商州》

重关已过数峰西，
绕尽羊肠踏尽梯。
满耳水声千涧曲，
四周山色一城低。

采打核桃

（一）

昨夜秋风过雨岗，
露生凉意雁成行。
一季核桃半年粮，
采打核桃家家忙。

（二）

核桃熟时秋满山，
路上行人皆携杆，
遍野树响人不见，
偶听山歌出林间。

春 烟 曲

（一）整地

青山隐隐雨空濛，
翻田整地料峭中。
人勤引得布谷早，
穿雨斜风小桃红。

（二）栽烟

细雨才绿溪水畔，
山乡早已闹春欢。
起垄栽苗人尽忙，
扶犁老翁挥牛鞭。

（三）采烟叶

晨雨润得石径滑，
采烟山姑唤邻家。
巧手晾烟满岭绿，
郎妹歌中启朝霞。

喜　雪

九前栽花花不发，
冬旱三月枯枝丫，
思云望雨冬麦黄，
忽告夜雪落千家。
山中有收民不忧，
有墒愿寒飞雪花。
阳出檐下滴喜水，
邀邻围炉水当茶。

卖鱼人二则

（一）

夕阳断岭半面阴，
噪声四起鸟入林。
云暗渔场寒气暮，
卖鱼归来风雪人。

（二）

上下三两灯，
卖鱼黑影深
偶听犬声吠，
除夕夜归人。

除 夕 雪

年关雪势重，
风搅雪满空。
足迹瞬时灭，
对面人不分。
是水皆瘦体，
是树枝弯弓。
山峪万籁静，
雀鸦全无声。
雪打家户闭，
年灯照不明。

无　题

（一）

小吏数十年，
归隐山林宽。
思赋终南月，
告知猪越栏。
停笔四下觅，
唤声回山峦。
只猪半年粮，
是农谁空还？
喘气心未平，
池水已流断。
踉跄奔渠头，
堵水晚鱼安。
忽来山风急，
鸡鸣雪披肩。
四下独一人，
淡日出终南。

（二）

春风万里暖，
秋雨一夜寒。
阴阳有交替，
日月不同天。
人生如梦浮，
好坏皆是缘。
苦极甘将至，
泰盛久长远。
富贵平常心，
贫贱志不短。
进退观翔鹤，
荣辱听溪泉。
朝臣待漏苦，
将军夜度关。
日高僧未起，
松涛过枕边。
遇事多思量，
多想天地宽。
盛世来不易，
齐心中国梦早圆。

野　居

深山野居已过春，

远隔繁华与兽邻。

恶风乱揉满头发，

严霜刻陋朱颜人。

半把山菜与薯下，

一瓢山溪煮饭羹。

早忘油膏有调味，

不记酒楼舞升平。

花开方知春已到，

雪至才晓岁将尽。

暮来扶杖下石阶，

荒村借油点夜灯。

（写于六四年）

秋湖晨曲

山歌一曲荡秋水，
惊起沙鸥荷外飞。
循声觅歌人不见，
山妹撑舟出芦苇。
烟满仓，金黄黄，
卖烟上站过湖忙，
歌伴舟行渐去远，
融入初升红太阳。

忆送烟下乡过秋湖

秋湖盈盈四围岩，
细浪轻柔影自歪。
风托晨雾随日起，
舟惊寒鸦破静籁。
双桨动，歌天外，
送烟下乡过湖来，
店家小妹对岸迎，
同抬烟箱入竹海。

烟 乡 行

水泥新路树青青，

春暮山花香袭人。

泉溪奏曲伴客远，

车过东岗入烟村。

红楼一片谷中起，

烟田满坡绿茵茵。

山前喷灌浇近水，

村头大棚接遥岭。

邻家电脑正上网，

夫妻同查烤烟情。

忽听主人打手机，

呼儿陪客行酒令。

春花争开遍家户，

靠烟致富新农村。

烟乡处处胜桃园，

可否告知陶渊明？

春联和唱

与亲家翁孟良平先生陪

良平先生口占：凤舞古镇，年年报春春酿酒

和：龙飞社川，岁岁送雨雨适时

再唱和一联：金凤报春春酿酒　祥龙带雨雨煮茶

青词·祝终南山城开业大吉

（连头诗）

火火红红，
鸿运天年。
年年大余，
鱼跃龙门。

岁　月

鸡未鸣，

启户观天情。

若雨播溪东，

无雨耕高坪。

若风稍减缓，

捞鱼赶城中。

腹饥顾不得，

归来洗池趁月明。

母亲·糍粑

噼噼啪，噼噼啪，

我给我儿打糍粑。

糍粑打得糯又软，

味道鲜美酸筋滑。

一碗糍粑母意长，

不思歌舞宴万家。

终南雪夜救援

大雪飞寒，
白漫天。
终南千里飞鸟绝，
雪堆秦岭夜封山，
深雪埋青年。
荧光一点下溪处，
渔灯招人有生还。
心中升起天上星，
爬雪奋向前。
呼声惊动渔场人，
援救接应秦岭颠，
人到渔场侧灯看，
老翁一对白发残。
人惊魂未定，
恍若鬼关还。

下乡送烟到网点

细雨如烟飘过岗，

新柳河边泛嫩黄。

牧歌无调自成曲，

红衣山妹插烟忙。

春雨中，山路上，

人欢车欢烟满装，

大年才过三五日，

网点送货争春光。

（发表于《中国烟草》并获当年诗歌大赛特等奖）。

新居落成终南山

启窗沐野风，
伸指梳浮云。
日隐终南点山水，
夜步天街拨星辰。
俯看河成溪，
远望花红岭。
新庐起山中，
亲友贺门庭。
油热割山韭，
客至宰鸡豚。
东溪那边点点雨，
新舍隐竹叶叶青。

文 竹 咏

绿盈盈，水灵灵。

淡妆素裹，玉立亭亭。

青盖层层，旁逸斜出。

摇曳奕奕，万种风情。

几多儒雅，几多诗韵。

虽纤细而挺拔，

视文弱而骨硬。

经风雨枝繁叶茂，

厉荣辱直面人生。

啊，文竹，

你是人的品，

你是诗的魂。

（发表于《北京文艺》）

路

大山把你挤得曲曲弯弯，
高岭把你前堵后拦，
就连山溪也不相容，
稍一动气把你冲刷得续续断断。
你总是一声不吭，
倔犟地：
爬过崇山峻岭，
跨过溪流断涧。
伸出峡谷，
走出深山。

小　草

大雪掩埋了一切，
小草倔犟地伸出了头，
翠绿的嫩叶在寒风中抖动。
看到它的人都知道了：
雪就要融化，
春就在明天。

怀 古 思 今

月　夜

翘首觅斗星，
星下有娘亲。
漂泊何时归，
夜寒月下人。

贺邻乔迁

溪南起新庐，
邀得众邻饮村酒。
相扶欲前却退后，
醉归过桥头。

中秋夜·雨

秋虫小亭边，

月照池荷残。

何人吹玉箫，

清风过玉栏。

瞬时云漫天，

圆月空不见。

嫦娥怕人怜孤单，

扯开黑纱遮人间。

桂花树下影相依，

泪悔化作雨飞乱。

糍　粑

山中无美味，
糍粑待贵客。
滑软汤酸鲜，
香气满庐舍。

无　题

送子花一盆，
石榴唤其名。
虑之长不久，
事后逐淡心。
秋中到子家，
高枝榴实生。
翠叶衬红艳，
映室多雅情。

山　风

翠竹托夕阳，

草亭溪过长。

竹内传琴箫，

亭中鼓伴腔。

夜雪随韵顿，

山风助音扬。

唯有崖梅红，

静静传幽香。

（发表于《上海文艺》）

迟　起

昨夜酒多睡时长，

春日户外已上窗。

急起恨责上班晚，

开眼方知已离岗。

无　　题

苦求事公挂心间，
心胆时时悬全安。
一纸宣罢卸千钧，
野鹤闲云任日闲。

自　画　诗

老翁自知余天命，
终南还学养鱼人。
人问白发何如此，
山涧水流日夜声。

纳　　凉

聚友寻凉晚弹吹，

歌起小亭溪柳垂。

月过中天曲未尽，

夜风伴人携琴归。

（发表于《珠江文艺》并获奖）

无　　题

宦海半生如垒卵，

待漏五更铁甲寒。

归来日高觉未醒，

终南山隐养鱼汉。

春 夜 寒

殷勤奉公苦半生，
卸甲归里对孤灯。
一夜风雨打花落，
春寒几番梦不成。

雪中访隐者

倚竹傍溪闭柴扉，
绕屋枝头尽红梅。
雪中问人指山遥，
老禅邀棋昨未归。

年 夜 酒

冰冻数九封年关，
游子千里风雪还。
飘泊异乡多苦冷，
年酒一杯融冰寒。

僧 人

游商南县真如寺，见性隆禅师坐椅入睡，深感"名利不如闲"，故有此作。

清院槿花遮老僧，
斜落经卷入困盹。
高枝小蝉噪满寺，
不断自在微鼾声。

精 忠 慰

半世坦荡几回春，
报国伺家尽两情。
回首往事人无憾，
轻笑炎凉任纷纭。

日月醉终南（自画像）

十天昏醉九日半，
半日不知在深山。
荣辱皆是昨日事，
看花观鹤望云闲。

终南冬夜

雪封渔场寒凄凄，
深山沉沉悄无息。
夜半似听柴扉响，
路人扶起煎汤急。

野 老 歌

江舟载酒伴月醉，
尘烟过眼笑不知。
暮送昏日十年剑，
晓辞群星一夜诗。

武　关

秦楚咽喉锁铁关，
双山夹城一水间。
多少英雄关战死，
夕阳依旧照城垣。

凭吊诸葛丞相

纵横隆中论天下，
功盖三分立汉家。
六伐尽瘁志未酬，
秋风五丈①落日斜。

　　　　注①：五丈原

拜 将 台

楚歌一夜鬼神愁，
十面埋伏乌江秋。
若知未央洒冤血，
月下拦马不回头。

石门栈道

遗址栈道接云天，
鬼工神斧叹千年。
凿道白骨今何在？
兵车隆隆几人还？

无　　题

我乃终南一醉翁，
朝迷夕昏多懵懂。
有人若问贫富事，
遥指秦王坟骊东。

商山红叶

七夕织女渡鹊鸦，
赠郎云锦彩如霞。
忽起金风吹锦散，
落遍商山树树花。

华清宫随想

海棠热泉还洗粉，
骊山落日同黄昏。
南国飞马今安在？
明月依旧过华清。

中　秋

岁岁中秋年年月，
人间欢聚度佳节。
我举独杯陪孤盘，
清辉单影听落叶。

无　题

朝入云岭追松雾，
午下野州观翔鹤。
弄茶觅诗任日去，
醉卧月上人不觉。

悼　母

哀乐低回伴泣悲，
素幛长垂绕纸灰。
儿孙欲绝痛死别，
声声唤母人不归。

年　思

慈母乘鹤伴彩凤，

瑶池邀客游天宫。

儿孙度年鞭炮起，

问母天地可相同？

查　节　令

远离邑城三五家，

云笼雾遮秦岭下。

荒野人家无甲子，

知时全看四季花。

（写于六四年）

游　归

安康香溪出园处，偶见小石一块。上书明胡滢短诗，令人
耳目一新，一扫无雅之感。香溪千词之多，难高胡诗数字之少，
善哉！

仙居香溪遗金州，

名家留墨往来游。

憾无佳句叹韵淡，

胡滢小诗慰归途。

迎年鞭炮

爆竹齐震年岁分，

鞭挂长短争满城。

一阵未落一阵起，

大声小声到天明。

放生池

放生池暗鱼游浅，
佛前灯明油满添。
厚施求得上签归，
磬声远去怀心宽。

花　　友

——一九九八年重病出院观花有感。

花伴楚地随主西，
人危花殒绝香祭。
天不灭良鬼关回，
满枝多多重娇媚。

（发表于《河北文艺》）

纸 扇 咏

侍主随身任合开，
炎日送凉入热怀。
夏用冬弃形不散，
只缘竹骨山中来。

乡 雾

雾淹群峰只留头，
秋风待送万里舟。
此去漂泊舟一叶，
再忆乡雾梦中愁。

柳

临路惹风摆腰肢，

垂丝撩水戏清池。

春风唤树先争绿，

叶尽秋风寒未至。

请 春 客

邻里置浆薄酒浑，

春日请客少鸡豚。

亲朋远避茅庐远，

老翁携眷贺柴门。

注：乡里有春节请亲朋之俗。

无　　题

西窗冷月斜画屏，

更绝漏尽难合睛。

又是一宿无眠夜，

寻字觅句诗未成。

（发表于《黑龙江文艺》）

贺农民诗友出版《愚者之路》小集

《愚者之路》走笔锋，

诗言大众求朴风。

终南灵秀多采撷，

寒后梅花分外红。

除夕农家女

扫尘内外趁晨光，
杀鹅宰鸡置酒浆。
才换新衣妆未理，
又剪春花满院窗。
纸联红灯升起时，
聚岁酒桌催菜上。
彩灯社火闹岁急，
年一晨饺备厨忙。

河畔中秋月

南去乾佑凉声低，
失落月色何处觅。
月娥怜人河边冷，
轻牵夜云遮单衣。
天上人间月相望，
人间天上无阶梯。
一曲血泪中秋月，
可听怨箫寒宫里。

山　中　寿

老翁花甲又添六，
终南隐居泉水头。
晨沐薄雾山飘带，
暮临溪边点苍鹭。
忙时饲鱼务田畦，
闲来邀友弄丝竹。
村酒伴曲兴未了，
踏月归去歌一路。

山中狂放

太峪河水冰九层，
万籁寂寂雪重重。
谈琴说诗人冻木，
隐者按弦难动弓。
燃起山人旧焙炉，
醉了雅步颠舞空。
大碗舀来尽管醉，
终南山头唱大风。

花甲述怀

匹夫已了家国事，
耗尽躯脂残余生。
奉公唯恐责不到，
养儿最怕少书经。
莫叹韶华春梦短，
坦对花甲无愧心。
诗琴相伴随舟远，
烟波去处秋水冷。

游商南寺沟观音庙

观音座殿堂开初，
山风送我入寺沟。
庙旁孤桃开寒色，
遥望山城别离愁。
奉调商东厉四春，
瘁尽黑发变白头。
人生如梦苦寒暖，
成败无须别人口。

送　别

——二〇〇一年十月调镇安途中作

离别秦东四秋春，

商山丹水送归程。

数峰列阵默无语，

清江留人起歌声。

一路秋风更厚意，

染尽红叶伴我行。

人生沉浮本无常，

长空过雁万里云。

山中嫁女

满目枯褐冬日静，
嫁女喜气溢乡邻。
亲朋相贺炮连连，
竹间排宴叶青青。
晨曦未动妆早定，
出水芙蓉彩映门。
花轿过村踏乐走，
唢呐箫笙四山应。
新人迎着朝阳去，
山间小道铺满金。

山　石

石出南山下野岭，
立楼树厦奠基根。
皆赞楼高接云天，
何记土埋山石深。
瓦少一页毫厘事，
基缺半石厦不成。
托起辉煌任褒贬，
史河长流映月明。

冬日割蒿杆

割了东岗割西岗，
为御冬寒备薪忙。
滕枝扭绳显身手，
山刀上下老充壮。
扛尽一捆最后柴，
日落晖里孤影长。

父碑立志

故山莽莽，乾佑①淌淌。

依山邻水，日出浴阳。

待等月余，青树翠岗。

新柳依依，鸟语花香。

清明立碑，融山一体。

庄严肃穆，素朴大方。

父居福处，长眠安详。

与日月同久，与天地共长。

公元二零一二年四月四日清明

注①：乾佑河

题灵隐寺弥勒石像

石佛坐寺外，

笑口千年开。

问佛因何笑？

笑佛让自猜。

一猜佛心欢，

二猜佛无奈。

三猜与人乐，

再猜讥人坏。

笑佛不答言，

我解未释怀？

转问同游人，

佛笑为何来？

（发表于《江苏文艺》）

终南山中

淡饭粗衣，

山中活计，

半载无故人。

野鹤闲云，

不意终南，

只有琴声空竹里。

醉　月

凝望明月淡淡影，

暗听玉兔捣药声。

乘风欲去折桂枝，

恐扰寂寞月中人。

瞬时云漫天，

圆月空不见。

嫦娥怕人怜孤单，

扯开黑纱遮人间。

桂花树下影相依，

悔泪化作雨飞乱。

（发表于《人民文学》副刊）

听大师奏琴

几枝修竹，
曲径荫荫深通幽。
遥闻琴音高士志，
独奏永乐秋。
虹化夜风琴中生，
乾佑淌水指下流。
一曲赛马蹄声疾，
掌声振林秋。

中秋述怀

山秋初寒，
雨漫天，
池亭蛙鸣断。
丝竹怨雨柳落尽，
暮雾遮荷残。
举杯凭栏，

今夜月可圆？

人间灯火已阑珊，

不见嫦娥月中人，

阴云隔九天。

雪

雪飞飞，满山塬，

天公敬母表孝廉。

我母为何离去早？

上苍不语白宇环。

苦切切，思不断，

孝徒愤对天公怨。

掀翻千山恨不解，

人去空楼栏。

（悼母三周年词）

街　遇

故人远嫁去他乡，

缝衣糊口在街廊。

轻言问可好，

埋头不语泪湿裳：

"万苦皆能受，

乡情撕肝肠。

夜思旧时人，

日怀爹和娘。

梦中常相见，

人醒月洒床。

代问乡里好，

回家看望路太长。"

忆雨雾过秦岭三则

天寒寒，雨涟涟，
车上秦岭浓雾间。
团团白气车前涌，
周遭顿时入昏暗，
雨打云滚翻。

车兢兢，人战战，
行人提心无语言。
司机眼盯窗前直，
车行蜗牛摸向前，
终于爬下山。

日红红，光灿灿，
一片晴空关中天。
车出蓝关回首望，
雾笼秦岭全不见，
恍若梦中还。

（写于七二年）

孤　独

孤独是沙漠里的弃石，
孤独是大海里的抛舟，
孤独是月宫里的嫦娥，
孤独是地狱里的野魂，
啊，孤独什么都不是，
弃石会重新捡回，
抛舟会漂到岸旁，
嫦娥会常看人间，
野魂会来世再生，
只有孤独的人，
永远也走不出使他孤独的阴影。

落 叶 赋

蜷缩着还未枯黄的身躯，

在收获的季节，

默默的过早飘零。

没有悲观，

只因让枝杆茁壮而耗尽生命。

没有埋怨，

只因让枝杆年年奋发向上，葱绿层层。

没有悔心，

只因把一切都献出来，

为的是再有一树浓荫。

人们是否懂得：

在高高的枝头，

早一点落下，

绿意早一点萌生。

溪　雨

雨丝落在溪头，
春风推它忽润南岭，忽去东沟。
崖畔上、田畴上、草木上都绿了，
它才集成水，汇作溪，
去经受石的粉身撞击，瀑的惊魂掠空，
去享受冷暖世间，生死漂流。
当干涸沙滩上那一刻，
回望溪谷，
天是那样的蓝，谷是那样的幽。

七 夕

——写于二〇一〇年镇安七夕夜

不动笙歌，别惊扰了银河上的悄悄话。

不燃焰火，别惊散了搭桥的鹊鸦。

闪闪星斗点亮千万支喜烛，

蒙蒙月光撑起洁白的帐纱。

柔风理长丝，

轻云拭泪花。

请一切都静下来，

让一年才一度的人儿尽情享受短暂的相聚。

请天上、人间都来祈祷：

今夜再长一些吧！

（发表于《北京文艺》并获年度头等奖）

心湖拾贝

弯 月

挂在夜空巨大的问号，

永远探问着宇宙。

驴

蒙着眼睛的驴，

使尽了力气也走不出磨道。

香 烟

为满足别人燃尽自己，

不留丝毫而化作轻烟。

花 树

没开花的树，

不等于树不开花。

蝴 蝶

磨难换来的美丽。

再忆西湖游·登塔观湖

春雨江南三月细，
断桥观桃雾中花。
幸有轻舟载人去，
观湖最好雷峰塔。

青岛行

水天极目一线融，
浪闯岛湾栈桥横。
风掠海面空复空，
崂山十里入半城。

赴青岛时遇台风过境，写于一九九九年仲夏于商南

初秋夜

山深夜来早，
菊黄院更幽。
入簾风摇烛，
月凉溪鸣秋。

后　记

我工作大半生，交流、调动三县十余个单位，辗转千余里，近十年在终南深山中居住、生活。种禾牧渔，侍花弄草，樵诗渔赋，有苦有乐。有付出，也有颇多的收获。这里山清水秀，人杰地灵。一山一水、一枝一叶，都充满诗韵词风。相处久了，爱写点诗的我便萌生了创作的动机，它们也成为我取之不尽的素材和源泉。慢慢的和诗结下了不解之缘。

读诗、写诗完全出于爱好，闲暇之余读点、写点，自娱自乐，不时和文友做些交流切磋，也常发表些豆腐块。乐哉悠哉！因写诗时间跨度较长，也没想过写诗做些什么用，更没有想过出诗集。就没有认真记录和保管，使得原稿和有关资料遗失较多，也就只留下了现在选择入集的约三百六十首诗词。近年来，身体不大好，记忆力明显下降，本集若有混淆和错讹，敬请批评与见谅。

我的家人除搞好各自本职工作外，都参与了本集创作、收集、整理等出版筹备事宜。老伴陈英芳除包揽所有家务外，还参与手稿资料收集整理工作。夏日，案头总有一杯凉茶；冬天终南深山风寒天冻，老伴每夜都在脚旁案下放一盆炭火，夜半起身披衣加火添炭；儿媳孟萌协助目录编排、资料收集整理等，并对书稿多次校对；女儿史小华最近节假日都回来协助筹备。尤其是在上海上大学，攻读文科的孙女史矛在这个暑期，天天和我一块工作，几乎对每首入集的诗词都认真评述、探讨并提出具体修改意见。有时还组织"三堂会审"之类的事她们都是诗词爱好者，也是我每首诗词的第一位读者，她们站在不同的角度或赞许、或点评。在此对我的家人表示感谢。

还要衷心感谢陕西省作家协会副主席李国平先生在百忙之中亲自为本书作序，陕西省书法家协会常务副主席于唯德教授亲笔题写书名，让我受宠若惊。

本诗词集在编辑出版过程中得到了三秦出版社领导和编辑的关心、帮助和大力支持。值此诗集出版之际，向出版社的领导、编辑和所有有关同志表示衷心地感谢！

作　者

2014 年 9 月于终南山下